KB118471

처음인 양
심언주 시집

문학동네시인선 182 심언주

처음인 양

시인의 말

염치에서 서울까지

나였던 나를
내가 아니었을 나를

도무지 알 수 없는 나를

나와 함께
때로는 너와 함께
밀고 가는 중이다.

2022년 11월
심언주

차례

2부 뭉치면 한 마리, 흩어지면 백 마리

3부 두부도 없으면서 두부는 서 있다

1부

꽃에 다다르는 병

점점점

계속해서 잘못한 점들이 떠오르면
머리 위로
우박이 쏟아진다.

이 점을 명심하라 했는데

후드득 자두가 쏟아지는 건
저 혼자 일찍 붉어지려 했기 때문.

기린이 그렇고
표범이 그렇고

믿을 수 없는 점들은 박힌 척 뛰어다닌다.

점집에서는 점점 더 그럴 거라 한다.

빗방울이 그렇고
꽃송이가 그렇고

채소밭을 뛰어다니는 우박 또한 마찬가지다.

나비가 쓰고 남은 나비

나비를 밀어내며 나비가 날아간다 나비는 잘 접힌다 또 금
방 퍼진다 나비가 될까 나비가 될 수 있을까 나비를 밀어내
며 나비를 깜빡인다 나비는 몸이 가볍다 생각이 가볍다 마
음먹은 대로 날아가는 적이 드물다 줄인형처럼 공중에 매달
려 나비에게서 달아나다 나비에게로 돌아온다 나비를 밀어
내며 나비를 닮아간다 옥타브를 벗어나는 나비 따라 부르기
어려운 나비 나비를 밀어내며 나비를 넘어선다 높아지는 나
비 어머나 비가 온다 어머나 비가 간다 나비가 버리고 간 나
비 나비가 채우는 나비 줄인형처럼 꽃밭 속에 나비를 담근
다 나비가 될까 나비가 될 수 있을까 나비를 밀어내며 나비
가 발생한다 나비를 서성이며 나비가 날아간다

정형외과

붕대는 지느러미입니다. 지느러미를 매달고 나는 헤엄칩니다.

이곳은 붕대의 힘으로 뼈와 살을 세우는 곳.
붕대의 힘으로 나아가는 곳.

바다가 파도에 감겨
스카프에 목이 감겨

희미해질 때까지

붙어 있어야 하는지, 떨어져 있어야 하는지 몰라서 시간을 낭비합니다.

붕대를 고르고, 붕대를 자르고, 붕대로 숨겨놓고는 나는 나로 돌아오길 기다립니다. 붕대를 감을 때도, 붕대를 풀 때도 나는 내 주위를 빙빙 돕니다.

숨겨야 할 것과 드러내야 할 것을 구분하지 못해서 나는 이곳에 오래 머뭅니다. 붕대로 머리를 감고, 다리를 감고, 안목마저도 감아버려서 나에게 도달하려면 휠체어가 필요합니다.

나는 붕대 때문에 어긋나고 붕대 때문에 지연됩니다.   —

백야

양파처럼 엎드려
생각이 하애지기를 기다리는 동안

오늘 눈보라.

내일 눈보라.

생각이 뿌리내리기를 기다리는 동안
눈은 녹지 않고
일곱, 여덟 겹의 눈보라가 나를 덮는다면

생각도 몸도 두루뭉술해진다면

밤새 레이스를 풀어 뽀얀 아이를 낳아도

울음소리를 아무도 듣지 못하고
밖은 안을 모르고
안은 밖을 모르고

내가 한 말이 빙 돌아서 내게로 다시 올 때
말이 쓸모없어질 때

어디까지 숨겨야 하는지 몰라

문득 되돌아가고 싶을 때

한 장, 한 장
하얀 벽을 한 겹씩 헐어내고
마지막 눈보라를 벗겨냈는데도

깨어나지 않는다면

당신은
눈덩이를 굴리지 않을 것이다.
눈사람을 만들지 않을 것이다.

파종

강물에 새들을 뿌린다. 작년에 뿌렸던 새들을 올해도 뿌린다. 새들은 반복된다. 전깃줄에서 반복되고 숲에서 반복된다. 수경 재배의 안목을 믿고 공중 재배의 실력을 믿고 새들을 뿌린다. 새인지 모르고 뿌린다. 새로 진행되기를 바라면서 뿌린다. 새의 오용이 없기를. 새의 부작용이 없기를. 내가 닿을 수 없는 곳에 새들을 뿌린다. 올해엔 강에 와서 울지 말기를. 실컷 울었으면 뼈마저 가벼워지기를. 뿌리를 내릴까 의심하며 뿌린다. 깊이 박혀 떠오르지 않을까 걱정하며 뿌린다. 강물이, 벌판이 키우는 새들은 잘 뽑힌다. 뽑을 생각도 없는데 뽑힌다. 뽑은 사람도 없는데 뽑힌다. 새들은 속성으로 재배되고 속성으로 출하된다. 자고 일어났을 때 안 보이는 너처럼 새들은 예고도 없이 가버린다. 새들은 지루한 공간에 균열을 일으킨다. 점으로, 때로는 덩어리로 새들은 돌진한다. 화살표를 깜빡이며 새들이 날아간다. 내가 더없이 가벼워질 때 새들이 화면을 벗어난다.

피고인

토마토는 묵비권을 행사중이다.
할말을 참느라
토마토는 터질 듯하다.

어쩌다 토마토와 가까워졌을까.

가지가 찢어질 정도로 누명을 뒤집어쓰고

내 차례가 오면
어떤 자세로 불려 나가야 하나.

붉으락푸르락

전신 화상을 견디면서

수포처럼 부푸는데
말문이 쉽게 터지지 않는데
어떻게 붉어지지 않을 수 있나.

울음을 포장한 채 토마토가 굴러간다.
토마토가 줄줄이 새어나간다.
너는 곧
토마토에 감염될 것이다.

다음 도착지는 암암리입니다

까마귀가 오고 까치가 가는 곳
까마귀들이 씨앗처럼 뿌려지는 곳
걸어다니는 곳마다 어둠이 찍히는 곳

비행기가 밑줄을 그으며 지나가는 곳
사방이 어둠이어서 말하는 그대로 마주보는 얼굴에 타이
핑되는 곳
날개 그림에 몸통만 밀어넣으면 천사가 되는 곳, 오래 기
다려도 날개가 펴지지 않는 곳

이곳 사람들과 손만 잡아도 어둠이 거래되는 곳
잉크를 먹고 잉크로 목욕하는 곳
눈물이 얼룩으로 번지는 곳
핼쑥해지는 곳

암암리라 써놓으면 사방이 어두워지고

밤바다가 고요한 도로 같습니다

낮엔 해안을 빙 돌아 당신에게 갔는데
이 밤엔 머뭇거리지 않고 당신에게 도달하겠네요

암암리라 써놓고는

고요에 묻힐까 두렵습니다

빙하가 녹은 후에나 발견되는
고요의 흔적

단단해진 고요에 불을 지피면
고요 주변을 서성이던 소란도 함께 타고
고요의 부스러기가 날아갑니다

암암리라 써놓아서일까요

자주 촛불을 들게 되고
암암리는 창문 앞까지 환해져
밤잠을 설칩니다

일 초마다 눈을 깜빡이고, 일 초마다 줄어들면서
촛불은 어둠에 둘러싸인다는 걸 알기나 할까요

잠들기 전
머리맡 종이를 당겨
글씨 위에 글씨를 씁니다

헝클어진 생각은 봉두난발이지만

아무리 검게 칠해도 빈틈을 비집고
별이 뜹니다

아맘니, 아맘니 입술 부딪히며

암암리에는 밤새 덜 마른 생각이 반짝거립니다

그늘

그는 늘 그는 늘 그는 늘 그는 늘 그는 늘
엎질러진 물처럼 바닥에 흥건한 채 내 주위
를 맴돈다 그는 늘 그는 늘 그는 늘 그는 늘
내 기분에 따라 커졌다 작아졌다 한다 듬직
할 때도 보잘것없을 때도 있다 그는 늘
그는 늘 그는 늘 그는 늘 그는 늘 고해소다
누가 왔다 갔는지 어떤 말을 하고 갔는지
말하지 않는다 긁어내도 베어내도 어두워서
그가 열린 건지 닫힌 건지 가늠할 수 없다
그는 늘 그는 늘 그는 늘 그는 늘 그는 늘
쉽게 흔들리고 쉽게 돌아오곤 하지만 주류에
선뜻 진입하지 않는다 나 혼자 할 수 있는
게 많지 않아 나는 달아나려는 그를 붙든다
한 번도 헤어진 적 없는 그는 늘 그는 늘
어두워지길 기다려 내 품을 파고든다 그와
나는 한날한시에 죽을 거라고들 수군거린다

식빵을 기다리는 동안

어떻게 될지 몰라

웅크린 채 몸을 말고 있다보면

부풀 수 있대.

속이 꽉 찬 소시민이 될 수 있고
위기마다 일어설 수도 있대.

식빵과 나란히 누워
일광욕을 하고 싶어.

네모를 유지해가며
메모하고 싶고

찢고 싶고

책 안 읽어도
꾸준히 한 장씩 식빵만 먹으면
사람이 될 수 있대.

뜯을 때보다
뜯길 때가 더 마음 편한 거래.

햇볕에 부푼 낙타 등을 어루만지며
수고했어,
라고 말해주고 싶어.

낙타보다 식빵보다
내가 먼저 무너져 걱정이긴 하지만,

수평선

나는 당신의 가장자리
당신과 멀어지는 자리

포옹의 가장자리에서
관심의 가장자리에서

두 팔을 벌린 채 나는

오후에 밀려난 오전

물러설 곳 없는 물결

나는 당신의 가장자리
당신으로부터 가장 먼 자리

구름도
물고기도
서성이던 문장들도 다 놓치고

떠밀려간
하루의 가장자리

물기를 털면서

늘어지려는 다짐이나 팽팽히 당겨보는
당신과 나의 자리

다행의 가장자리

누워서 생각할 시간이 필요한 자리
밤이 필요한 자리

다닥다닥 빨강

상처를 한 잎 한 잎 떼어내면 그 속에
암술과 수술이 있다.

가려운 등을 긁을 때마다

장미가 이웃으로 번져 창백에도 피가 돈다.

피난 열차에 매달린 난민처럼

띄어쓰기를 무시한 채

장미 속으로 숨으면
거짓말이 조금 더 빨개지는 것 같다.

숨기는 일과 드러내는 일을 한꺼번에 하고 싶은데

내 피는 생각보다 얕은 데서 흐르고
꽃잎을 펼치느라 빨강을 다 써버렸다.

돌아오지 못할 게 분명한데도

장미를 데리고
낯선 창문을 두드리거나

허름한 울타리를 기웃거리다가

결심끼리 잡은 손을 놓아버린다.

꽃병

당신의 긴 목을 가파르게 오르는 병.
꽃에 다다르는 병.

생각이 무거워져
당신은 곧 부러질 것이다.

들리지 않을 때까지
목을 조이고
볼 수 없을 때까지

무거운 당신의 생각을 떠안고
풍선이 날아간다.

불룩한 꽃병.

온종일 쓰다듬어도
당신 얼굴이
생각나지 않는 병.

파라솔을 접고
멍하니 풀밭에 서 있는 병.

이제 얼굴 뒤편으로 기분을 구겨 넣지 않아도 된다.

—

나의 토르소.

—

수국아파트

밤이 되어서야 불빛들은 말문이 터지고
나는 전에 없던 용기가 생겨서
하마터면 네 앞에서 환하게 필 뻔했다.
수국으로 먼지를 털고
수국으로 죽을 끓이고
수국을 문질러 빨래를 비볐다.
수국으로 파마를 하고
수국을 찍고, 쓰고
수국으로 기억을 탈색시켰다.
수국 속으로 숨는 수국.
함께 있으면서도 혼자인 수국.
누가 진짜 수국인지 몰라서
온종일 수국을 뒤적거렸다.
그러는 동안 수국끼리 뭉쳐서
수국은 단단해졌다. 눈덩이가 되어
달려들 기세였다.
수국 근처에서는
수군거리는 일을 하지 않기로 했다.
방마다 불이 꺼지고
수북하던 수국이 졌다.

2부

뭉치면 한 마리, 흩어지면 백 마리

그래그래

길어진 두 팔에 매달려
그네 하고 부르면
당신은 그래그래 대답하면서
앞뒤를 살펴요
길어지는 당신이
이유가 길어지는 당신이
나를 흔들어요
그네 하고 물으면
그럼 그럼 삐걱거리며
당신은 어긋나요
꼬리에 꼬리를 물고
드나들면서
당신은 물러서는 척
나아가고 있어요
당신을 앞지르려고
두 무릎을 써버렸어요
무얼 버릴까 생각하지 않아도
앞뒤로 흔들리면서
바구니는 비어버려요
멈춰야 할 때를 몰라서
동해물부터 백두산까지
떠밀려가고
떠밀려와요

혼자서 오래도록
흔들리고 있어요

올리브, 유

나의 올리브를 이해하기 시작한다. 올리브는 왜소하고, 올리브는 그렁그렁하다. 올리브는 떨어지면서 올리브로 거듭난다. 올리브는 언덕에서 살고, 연안에서 살고, 동굴에도 은신한다. 무엇보다 중요한 건 올리브는 모두 살아 있고(all live), 아직도 살아 있다(still live)는 것이다. 잡초와 함께, 번개와 함께, 메뚜기와 함께 목소리가 살아 있고, 손맛이 살아 있다는 것이다.

그래봤자 올리브. 염증처럼 종기처럼 거절할 줄 모르고 매달리는 올리브를 한 번도 죽었다고 생각한 적 없다. 올리브는 여전히 올리브를 키우고, 올리브로부터 걸어나오고, 어른이 된 후에도 몰려다니니까.

올리브가 흘러내린다. 미끄러졌다 일어나면서 눈을 흘긴다. 말로도 영혼을 털어낼 수 있고, 매로도 영혼을 털어낼 수 있지만 올리브는 사소한 자극에도 쉽게 미끄러진다. 투명한 하늘이 펼쳐지고 지중해가 깊어지는 건 올리브로부터 달아나지 못하기 때문이다. 나는 올리브를 지키는 사람. 책을 쌓으며, 벽돌을 쌓으며 올리브를 배우는 사람.

인터뷰는 사양할게요

다른 말로 하고 싶었으나

붉은 국물은 독설을 뱉으며 지퍼백이 납작해질 때까지 흘러나오고

마이크를 끄지 않아 마이크 주변의 말들은 걸러지지 않고 흘러나간다.

누가 지퍼를 좀 올려주면 좋겠다.

보여주면서 감추게.
숨어서 기회를 엿볼 수 있게.

바다 수족관이 망가져도 돌고래는 달아나지 않고 가족 곁을 맴돈다는데

쏟아져나온 말과 함께 나는 알 수 없는 곳으로 흘러나간다.

이상한 해방감에 의문을 품고 납작해질 때까지 나는 인터뷰에 응한다.

과거도 현재도 주성분이 우유입니다

흰 눈이 우유라면
시냇물로 강물로 우유가 흘러간다면

여기저기 우유를 따른 흔적입니다.

오요 우유 모음을 모으며
흘러내리는 우유의 긴 줄을 따라가면

입가에 우울이 묻은 지난밤이 보이고 기억을 빨아놓은 유
골 상자가 보입니다.

울음에 빨대를 꽂으면 길쭉하게 눈물이 끌려옵니다. 끌
려 나온 눈물은 사라지지 않고 어느 구석으로 이동할 뿐입
니다.

과거도, 현재도
주성분이 우유입니다.

싱거웠고
우유부단했고
마디마디 우수, 우울을 통과하며 잔뼈가 굵어졌습니다.

샴페인 대신 우유를 터뜨립니다.

수위 조절에 실패한 채

꿈에서 깨어나 블라인드를 올릴 때
윤곽만 드러낸 채 우리가 하얗게 덮여 있으면 좋겠습니다.

우유를 마시며 우유를 받아들입니다.
우유를 앓으며 우유로 위로받습니다.

정말을 줄까 말까

정말을 어디에 둘까 고민하는데 둘 곳이 없다

누굴 줄까 고민하는데 사람이 없다

꽃다발로 묶기도 전에

손가락이 시든다

절망의 가장자리를 떼어내고 떼어내고

나쁜 습관을 고치려는데 정말이 시든다

다시 오겠다는데 맞장구쳐주지 않는다

방치

바늘은 바람직하다 바람직한 방식으로 나아가고 바람직한 방식으로 도망친다 바늘은 노크도 없이 사라진다 바람직한 공기와 함께 침실을 떠돈다 바람직한 네 선언과 함께 몸속을 떠돈다 바늘은 두통에도 복통에도 녹슬지 않는다 눈에 띄지 않으면서 아무나 어울리지 않으면서 바늘은 자란다 바늘은 혼자서 방향을 결정하고 혼자서 속도를 조절한다 보폭 일정하게 걸어서 간다 탭댄스를 즐기느라 바늘이 발을 구를 때 떨어지는 빗줄기가 땅을 꿰맨다 눈을 감아도 빗줄기는 눈을 찌른다 바늘도 모르는 사이 바늘이 내 혀에 머문다 이제는 밖으로 나가자 한다 구멍이 뚫릴 때까지 바늘이 내 통증을 디자인한다

우기

우산을 뒤집어쓰고
나는 소라게처럼

끊어지는 게
빗줄기인지
인맥인지
산맥인지 내다보면서

초대한 적 없는
검침원을 맞는 것이다.

오지 않는 게
창밖인지
이마인지
기회인지 중얼거리며

누구세요?
현관문을 열어보는 것이다.

깊어지는 게
우물인지
볼인지
반성인지 모르겠어서

지글거리는 빗소리에
해물전을 부치며 납작해지는 것이다.

죽은 해물처럼
점점 무뚝뚝해지는 것이다.

계단이 오면

계단이 오면

나는 무릎을 꺾으며 방아깨비처럼
굼실거립니다.

물에 발을 담근 것처럼
두 발이 짧아집니다.

공보다 빨리
한꺼번에 몇 계단씩
내려서고 싶은데

계단이 굼실거리며 내 발을 받들어서
밟아도 계단이 끊어지지 않아서

내려다보면

발 아래서 누군가의 머리가
머리 위에서 누군가의 발이
차곡차곡 쌓여 꿈틀거립니다.

11월은 나 혼자 쌓은 것이 아니어서
단풍을 따라 뛰어내릴 수 없습니다.

계단 혼자서 계단을 오르내립니다.

처음인 양

풀밭에서 양들은
뭉치면 한 마리, 흩어지면 백 마리.

몰려다니는 양들 따라 바뀌는 풀밭의 지도.

양은 처음 보아요, 호랑이는 보았는데 양은 처음 보아요.

나는 호랑이띠, 딸은 토끼띠, 벨기에로 향하는 기차 밖으
로 소도 말도 양도 보이는데, 소나 말은 알겠는데, 양은 처
음 본다고 딸이 말합니다. 양털 이불도 덮어주고, 양떼구름
도 보여줬는데 딸은 토끼띠, 나는 호랑이띠, 양을 그려보긴
했는데, 양을 세어보긴 했는데……

엄마, 양은 처음 보아요.

처음이라 말하는 순간 처음은 사라집니다.
양이라 말하는 순간 양은 사라집니다.

양이 사라진 풀밭에서 양이 풀을 뜯습니다.

양양에도 대관령에도 딸을 데리고 갔는데, 양떼 목장에
가긴 갔는데 양이 사라진 풀밭에서 눈썰매만 탔습니다. 갈
대를 뭉쳐놓은 듯 몰려다니는 양은 안 보여주고, 새하얀 양

만 그리게 했습니다. 번제를 올리느라 화면에서 양이 피를 ─
뿜을 때 딸의 눈을 가렸던 것 같습니다. 그러고 보니 양은
안 보여주고 양 주변만 맴돌게 했습니다.

─

선두를 존중합니다

종처럼 매달린 포도는
서로 조심합니다.

멍이 깊어질까봐
사과할 일이 또 생길까봐

걱정은 걱정을 부풀립니다.
걱정끼리 우르르 몰려다닙니다.

끌어안는 척 밀어내고
밀어내다가는 다시 끌어안습니다.

혼자 나서서 포도가 되는 일은
쉽지 않습니다.

대체로 포도는
선두를 존중하고 선두를 답습합니다.

그러다가
떨어져나올 순간을 놓칩니다.

지워지지 않는 낙서처럼

자리를 뜨지 않아
부끄러울 때가 있습니다.

먼지 고양이

침대 밑에는 먼지 고양이 먼지가 밥이고 비누이고 수건인
고양이 엎치락뒤치락 먼지 고양이 '나비'하고 부르면 재채
기가 달려나오는 고양이 사랑한다고 먼저 말 안 하는 고양
이 기분에 따라 늘어나는 먼지 고양이

난간에서 뛰어내려도 다리가 부러지지 않는 고양이 햇볕
에 등을 말리는 고양이 반짝거리는 고양이 한줌도 안 되는
고양이 날아가버리는 고양이 저 혼자 잘 노는 먼지 고양이

물 한 모금 안 마시는 고양이 그러면서 비를 고대하는 고
양이 젖을까봐 생선가게에 가지 않는 고양이 발톱 세우던
과거를 덮을 줄 아는 고양이 두루뭉술한 고양이는 장롱 꼭
대기에 얼마나 많은 식구를 숨겨놓았을까?

질문하지 않는 고양이 핥고 있는 게 고독인지 모르는 고
양이 밤을 자주 빼앗아가는 고양이 흔들어 깨우지 않으면
좀체 눈을 뜨지 않는 먼지 고양이 턱없이 대화가 부족할 수
밖에……

기우뚱하면 안 되니까

연못이 어디로 가지 못하게
연잎이 압정처럼 박혀 있군요.

나는 틈만 나면
이사하자고 조르고

한집에 눌러살기 싫은데
연못에도 우리집에도 살림이 늘어가요.

비가 쏟아져

지붕이 연잎처럼 기우뚱하면 안 되니까
지붕에 구멍이 뚫리면 안 되니까

이사하자고 조르면

연잎은 연신 빗물을 쏟아냅니다.

지붕이 날아갈까봐
쉴새없이 못박는 소리가 들립니다.

아무렇게나 엉키고 쉽게 끊어지지만

국수 먹는 사람들은 국수를 닮았다.
한 손으로는 흘러내리는 머리칼을 움켜쥐고
한 손으로는 젓가락을 들고
국숫발을 들어올린다.

국수 먹는 사람들은
국숫발 들어올리듯
무거운 짐도 한 손으로 번쩍 들어올린다.
아무것도 아닌 일을 치켜세우고 뭉친다.

비 오는 날에는 아스팔트도 요란하게 국수를 삶는다.
빗물에서 멸치 삶는 냄새가 난다.

젖은 발을 모으고 앉아

잔치국수
주세요!

국수 먹는 사람들은
마음만 맞으면 잔치를 벌인다.

잘 퍼지고
아무렇게나 엉키고

소식이 쉽게 끊어지지만

국수 먹는 사람들은 후루룩후루룩
망설이지 않고 직진할 줄 안다.

괜찮아요, 좀 늦긴 했지만

남은 예산을 집행하나봐요.

3월인데 함박눈이 내려요.

당신은 필요할 땐 멀리 있고

떠올리려 애쓰던 이름은 가버리고 나서야 생각나지요.

퇴근길 발목을 잡는 상사처럼
광고는 드라마로 넘어가질 않는군요.

벚꽃이나 기다리자고
내미는 손바닥 안으로

쓸모없는 계획만 쌓이지 않도록

가계부를 새로 장만해야겠어요.

주인 없는 고지서 위로 배부르게 눈이 내려요.
먹을 사람도 없는데.

마스크

　하양은 무섭다 발소리를 죽이고 천천히 다가온다 소복소
복 무성해지는 하양 하양은 기분을 드러내지 않는다 말을
아낀다 하양은 기침을 가두고 욕설을 가둔다 그럴 때마다
하양에는 말들이 촘촘히 박힌다 하양 위에 하양이 쌓인다
울먹임을 억누를 때 하양은 곧 튀어나올 듯하지만 1월의 벌
판처럼 하양은 다시 견고해진다 하양은 차갑다 흰 벽 흰 종
이 흰 눈썹 하양에 다가서려면 용기가 필요하다 하양에게
헛손질을 하다 돌아서 오는 2월 창가에 하양이 어른거린다
백사장에 장렬히 전사하며 하양은 모든 의심을 탈색시킨다
하양은 입이 있던 자리에 머물며 코를 덮고 두 눈을 덮으려
한다 하양은 하양을 넓혀간다 하양은 하양을 돌본다 하양에
게선 허잉 허잉 말 울음소리가 들린다

오후 혼자서

생각에게 관심을 주니까 생각이 계속 자란다.

생각이 나아가게 내버려둔다.

멈추지 않고

비닐봉지가 이리저리 구르고 있다.
어디로 가야 하는지

목적지를 잃은 것 같아 우체국에 가서 물어본다.

여러 골목을 지나서 도착하는 내 생각을

누가 마중나올까?

궁금해하며 다음 신호를 기다린다.

3부

둔부도 없으면서 두부는 서 있다

몽상가

나비는 계단 한쪽에 앉아 생각을 접었다 펼쳤다 한다. 생각에 생각을 거듭한 끝에 날아가는데도 나비는 갈피를 잡지 못한다. 이리저리 날다가 생각이 엉킨다.

나비는 세상을 끌어내리다가 느닷없이 솟구친다. 정리도 되기 전에 나비의 생각은 바람에 떠밀린다. 찢어서 날리는 편지처럼 나비의 문맥은 앞뒤가 맞지 않는다.

나비는 골똘한 표정으로 아무데나 주저앉아 생각을 이리 맞추고 저리 맞춘다. 그러다가 꽃이 될까봐, 그러다가 돌이 될까봐 나비는 한곳에 오래 머무르지 않는다.

이 말 저 말 다 들으려 나비는 팔랑 귀를 흔들며 날아다 닌다. 나비는 하나였다가 둘이었다가 나비의 현기증이 갈수록 심해진다.

나비에게 생각할 기회를 한번 더 주려고 봄은 또 올 것이다.

돌이켜보면 모두 파랑

잉크로 쓴 글씨가 물에 번지면서 파랑
흔들리며 길을 잃는 파랑
거슬러올라가면 기원이 물고기인 파랑
허공을 흔드는 파랑
하늘인지 바다인지
경계가 모호한 파랑
다가가면 투명해지는 파랑
아무것도 아닌 파랑
수평선 위 혹은 아래에서
헤어지기 충분한 파랑
돌이켜보면 모두 파랑
파랑을 만나면 파랑을 죽이고
낭떠러지 아래
서슬 푸르게 날을 세운 파랑
핏방울을 튀기는 파랑
머나먼 파랑
쫓아간 만큼 달아나서 손을 흔드는 파랑

헌터

의사가 얼굴에 초록 천을 덮으며

물입니다.
바람입니다.

주문을 외자

나는 보츠와나 초원의 코끼리가 되었지.

어금니를 뽑아야 한다며

사냥꾼은
아프면 손을 들라 친절하게 말했지만

입을 벌린 채
나는 입술이 굳어가고
턱이 굳어갔지.

물소리와 기계 소리가 섞이는 동안

'지니다'를 잃어버렸고 지니고 다니던 물건들도 잃어버렸어. '일기장' '연필' '잔돈' '지갑', 급기야는 '분실'까지 잃어버렸어.*

두툼한 허벅지만 쥐어뜯다가
일어나 앉아 핏물을 뱉었지.

모니터에는
입술도, 얼굴도 없는
누구 것인지 모르는
구강 사진.

코끼리를 복사했는데 상아가 안 보이더군.

'나'는 내가 큰 소리로 말할 수 있는 마지막 단어였어. 하
지만 사실이야. 나는 동네를 걸어다니며 말했지.
"나 나 나 나."**

* ** 조너선 사프란 포어, 『엄청나게 시끄럽고 믿을 수 없게 가까
운』, 송은주 옮김, 민음사, 2006.

이기려고 두부가 되는지 져서 두부가 되는지

얼어붙은 두부는 이 부딪는 소리를 낸다 두부는 잘 견딘다 두부도 없고 둔부도 없으면서 두부는 서 있다 엎드려 있다 누워 있는 두부의 하얀 속살은 한없이 부드럽지만 필요할 때 각을 세울 줄 안다

두부는 공허한 공간을 채워나간다 스스로 가두고 풀기를 반복한다 두부는 두부를 해결하지 않는다 그러다가 두부는 자책하며 무너진다 이기려고 두부가 되는지 져서 두부가 되는지 두부는 알 수 없다 두부는 두부 밖으로 밀려나온다

두부를 부르면 두부만 오지 않는다 두부의 술기가 따라오고 두부 공동체가 따라온다 두부는 두부를 보존하려 하고 두부는 두부를 벗어나려 한다 두부의 빙하기 두부의 해빙기

두부는 돌담이고 두부는 깃털이다 두부로 연결된 긴 부두를 따라가면 흰 갈매기가 있고 갈매기를 따라오는 통통배가 있다 한 숟가락 두부를 뜬다 물살을 밀어내며 배 한 척이 간다 물속으로 가라앉는 두부가 있고 물살에 부서지는 두부가 있다

봄날

어디 숨겼는지
언제 저질렀는지

기억도 안 나는 잘못들이 몰려나와
꽃으로 웃고 있어서

혼낼 수 없는 봄날엔

괜찮아,
잘했어,

저지르지 않은 잘못까지 용서해준다.

이름이 뭐지?

기억도 못할 거면서
마주칠 때마다 이름을 물어본다.

밤마다 감자

0밖에 모르는 감자에게 나는 1을 가르치려 했다.
웅크린 감자에게 허리 좀 펴라 했다.
뾰족한 생각들을 집어넣으라 했다.
팔, 다리를 숨기라 했다.

밤마다 감자. 눈을 뜨지 않는 감자.

나는 감자에게 넘어진 건지, 일어선 건지 모호한 자세 좀 고칠 수 없냐 했다.

주먹 쥐는 일이 많아진다. 함부로 주먹을 휘두르지 말자면서 주먹을 모으는 일을 게을리하지 않는다. 그렇다고 아무때나 주먹을 풀지도 않는다.

자갈자갈 구르는 감자.

둥글어지는 감자를 쓰다듬다보면 낭떠러지에 다다른다.
안대로 눈을 가린 감자와 나는
물러설지, 나아갈지 결정해야 한다.

묵묵부답의 감자.

벚꽃 습관

벚꽃에서 화약 냄새가 난다.

벚꽃은
터지면서

허공을 탈색시켜놓고

군데군데
섬처럼 떠 있다.

얼룩은 구름으로도 충분해서

허공을 가리는 벚꽃을
봄비로
지우는 중이다.

꽃이었던 곳을 맴돌며
목구멍에 핏발 세우는 나는
벚꽃으로 분류된다.

노랑

해바라기 속에 해바라기들이 빼곡하다.

해바라기랑 눈만 마주쳐도
눈동자가 노래진다.

여름이면 해바라기 가로등 때문에 밤잠을 설친다.

해바라기는 점조직으로 운영되어
그들 중 누가 우두머리인지 알 수가 없다.

해바라기 앞에서는 한눈팔 수가 없다.

거절할 말이 떠오르지 않는다.

꽃잎만 스쳐도
불붙을 것 같아 해바라기 근처에 가지 않는다.

가을에 다다르기 전

불꽃을 일으켜
해바라기들이 자폭한다.

전소된 채 뼈대만 남아 발화 지점을 찾을 수 없다.

극단적 선택

똑같이 고개를 숙여 인사했는데
내 목은 그대로 있고
꽃은 목이 부러져 있다.

배관 공사를 엉터리로 한 공무원 목을 자르겠다고
꽃나무 아래서
할아버진 핏대 세우며 소릴 지른다.

안녕히 계세요.

아주 간 줄 알았는데

작년에 뛰어내렸던 똑같은 장소에
꽃이 다시 몰려나와 있다.

매달려 있거나 말거나
떨어져 내리거나 말거나

아무도 대책을 내놓지 않는다.

동호대교

누가 강을 깨뜨렸는지
강물에 파편들이 반짝여서
눈을 찌르지
열렸다 닫혔다
지하철이 망설이다
가버리고 우리집엔
아무도 도착하질 않네
건네줘야 할 게
많은데 비가 올까
걱정이야
젖을까봐
무거워질까봐
저녁 강물은 알코올에 취해
출렁이지
파랗게
불꽃을 일으켜
강물을 데워놓아도
강물엔 당신의 어제와
나의 오늘이 흘러가니
만나긴 어렵겠지
강물은 초점이
잘 맞질 않는다니까
물결 따라

곱씹으면서
쓰다듬으면서
좋은 게 좋은 걸까
생각은 흘러가지
뛰어드는 건
쉽지 않아
수면에 돌을 던지며
빙빙 돌려 말하는 널
견디는 건
양파 자루에 입장하는 것
같거든
거스를 수 없다면
흘러가는 수밖에

최소한의 여름

상추도 녹고, 고무장갑도 녹고, 당신과 내 손가락이 하마터면 엉겨붙을 뻔했습니다. 엉겨붙지 않는데도 하루가 멀다고 식구가 늘어가는 나뭇잎들을 이해할 수 없습니다. 더위에서 더위를 빼면 무더위. 무더위로 계란을 굽고, 아스팔트를 태우고, 남은 햇빛을 냉동실에 넣어도 얼지 않아서 아프리카에 버렸습니다. 버린 햇빛을 웅덩이가 먹고, 일주일이 먹고, 아무도 죽지 않았는데 목이 멥니다. 목놓아 울 일은 없는 것 같아 매미를 방충망에서 쫓아버립니다. 더위 혼자 미끄럼을 탑니다. 더위 혼자 건널목을 건넙니다. 내 더위를 어떻게든 식혀보려 물컵이 탁자 위에서 진땀을 흘립니다. 가까이 오지 못하고 눈치만 보는 당신. 나는 며칠째 똑같은 반찬을 먹으면서, 책을 한 권도 읽지 않으면서 아무 일 없이 잘 지냅니다.

발레리나

물속에서 새 한 마리가 날개를 파닥여요. 내가 잡을 수 있는 건 못 움직이는 돌멩이가 대부분이지만

꿈속에서 상상도 못하는 점프를 해요. 발끝이 땅에 닿지 않은 채 크고 싶어요.

샤워할 때 날개 뼈를 타고 흐르는 물살을 활짝 활짝 펼치며 새 흉내를 내다가 몸이 반쪽이 될 뻔한 일도 있지만

토네이도 한가운데 나를 세워두고 싶어요.
멈추었을 때 얼마나 뾰족해져 있을까요.

질긴 울음이 노래가 되진 않겠지만 운 만큼 몸은 가벼워지겠지요.

몸통을 잃고 하늘을 떠도는 내 날개를 향해 손을 뻗을 수 있겠지요.

나는 나와 크리스마스를 보내고 싶다

탱자나무에 숨고 싶다.

탱자나무 눈에 들어
찔리고 싶다.

탱자꽃처럼
하얀 발을 흔들며

아득하게

응급차에 실려가고 싶다.
경광등이 돌고 돌아
혈색이 돌아오면

헬멧을 쓰고 싶다.
탱탱하게
후렴구를 날리며 오토바이를 달리고 싶다.

탱자를 따라 두꺼워지고 싶다.
오래도록 탱자를 문질러

처마끝에 다닥다닥
탱자를 내걸고 싶다.

나는 나와 크리스마스를 보내고 싶다.

우리가 자욱해질 때

만두를 찌거나
안개 속에서 걷고 있을 때 너는

앞뒤를 분간할 수 없다고 한다.
너와 나를 섞어 반으로 갈랐으면 좋겠다고 한다.

만두와 만두처럼

등 돌리고 가면서 너는

잘 가고 있는지 봐달라고 한다.
거기가 아니라고 소리쳐달란다.

안개는 죽은 사람과 죽고 싶은 사람을 한데 섞어 희미해
지게 한다.

한숨과 입김이 쌓여 안개는 두꺼워진다. 안개는 너무 두
꺼워서 벗을 수 없다. 너와 나를 섞은 솔체꽃이 희미해지고

우리는 안개와 구름이 지나가길 기다린다.

방에 들어서면서 똑, 똑,
수박을 살 때도 똑, 똑,

두드리며 확인하고 싶은 건 무엇일까?

안개 속을 걸으며 우리는
목소리를 잃은 척한다. 두 다리가 녹은 척한다.

사람이 될 듯 말 듯

물가에 앉아 나를 보면
물에 잠긴 나는 사람이 될 듯 말 듯 흔들린다.

그렇다고 얼려둘 수 없고

나는 연못에 잠긴 달을 꺼내지 않는다.

잘못 분리한 노른자처럼
달이 뭉개질까봐

물을 향해 돌을 던지지 않는다.

물속 가로등이

탯줄에 매달려 있는 것 같아서
양수 속에 좀더 있어야 할 것 같아서

차 조심.
뒤통수 조심.
발밑을 조심조심.

내 얼굴에서 점점 엄마가 보이는데
나는 아직도 양수에 잠겨 있다.

물속에 잠긴 나를 꺼내주고 싶다.

복어는 로또 공처럼

복집에서는
복이 담긴 말을 판다.

복이 담긴 말이 냄비 속에서 끓고 있다.

복에 겨운 말들은

목적지가 생각 안 나서
누가 복을 받을지 몰라서

로또 공처럼
냄비 안을 휘젓는다.

불길한 꿈을 냄비 속의 복이랑 바꿔치기하고 싶다.

복은 승승장구하기도
곤두박질치기도 한다.

복에도 뼈가 있고 지느러미가 있어서

복집에서도
복의 진로를 예측할 수 없다.

4부

내 울음은 내다 걸지 못합니다

비눗방울로 메아리를 낳자

5월에는 허공을 오르자
창문에서 허공까지 사다리를 올라
구름을 먹고 아카시아꽃을 낳자
보름달 배부르게 먹고 달맞이꽃을 낳아보자
토끼풀꽃 카펫에 누워
나란히 창백해지자
비눗방울로 메아리를 낳자
비행기를 낳으며 날아가보자

시냇물엔 돌멩일 기르자
잘 자란 돌멩이로 징검다리를 놓자
종이배에 코끼리를 싣고
종이배에 우체국을 싣고
버릴 건 버리고 가볍게 가자
뭉게구름 건져내어 빨랫줄에 널어놓고
송사리 불러모아 수양버들을 기르자
찰랑대는 물결을 질끈 묶고서

시냇물 속도로 걸어가보자
소낙비로 코끼리를 지우고
찔레꽃으로 우체국을 지우고
아버지 너머의 자전거를 부르며
가나다라 하나 둘 셋

흘러가보자
내 맘대로 불어가보자

염치읍민입니다

염치는 소금 고개.

소금 가마니 틈으로 흘러내린 소금이 언덕을 이루고

생각보다 앞서 달리던 두루마리 화장지도, 소금도
젖으면
전에 무엇이었는지 기억조차 나지 않고
나는 한없이 투명해져서 이전에 내가 무엇이었는지 정말
모르겠습니다.

나는 염치읍민입니다.
염치는 없지 않습니다.
비가 와도 염치는 없어지지 않습니다.

망초꽃들이 깔깔거리다 놓쳐버린

염치는 가도 가도 하얗고
퍼내도 파내도 온통 하얘서

고개 너머
아이와 거위와 송아지가 발끝부터 탈색됩니다.

나는 염치읍민입니다.

주소를 적을 때 잘못한 일도 없이 부끄러워
종이를 뒤집어놓고만 싶고
뒤집어놓아도 간이 밸 것 같아서

알면서 모르는 척
웃기지 않은데 우스운 척합니다.

염치없는 부탁을 할 때면 명치가 먼저 아파옵니다.

봄마다 염치에는 집집마다 소금이 배달됩니다.
염치는 내게 밑간이 되고 신념이 됩니다.

불면

나한테 울지 말라면서 촛불이 밤새 울고 있다. 죽은 사람이 없는데 촛불이 울고 있다. 뜬눈으로 밤을 새우다보면 눕는 게 소원이 되고 눈을 감는 게 소원이 된다고 촛불이 말한다.

바람이 불면 흔들리라고 더 세게 불면 넘어지라고 촛불이 말한다. 자지러지지 말라면서 하얗게 자지러지는 촛불이 온몸을 불태우는 일은 어리석은 짓이라고 한다.

한숨도 날아가고 그을음도 날아간다. 넘어가지도 말고 모여들지도 말고 혼자가 될 때까지 기다리라 한다. 혼자 남겨지더라도 어둠에게 밀리지 말라 한다. 눕지 말라 한다. 눈감으면 밤이 계속될지 모른단다.

흘러내리는 게 치마인지 살결인지 모르지만, 몸을 낮추며 촛불은 내게 집중한다. 불꽃을 세우면서 주저앉는 걸 숨긴다.

남의 일처럼

이웃나라 상점 바닥에 쏟아지고 깨진 물건을 치우는 영상 앞에서 아나운서는 땅속 깊은 곳, 혹은 곁에 앉은 누군가가 느닷없이 나를 흔들어 떨어뜨릴 수 있다는 소식을 남의 이야기처럼 전하고 있다. 나는 남아 있는 라면과 생수병을 슬그머니 세어본다.

이웃나라가 흔들리는 동안 나는 죽은 오징어와 돼지고기를 사고 뛰어내리다 운좋게 매달린 호박 한 개를 따다가 저녁을 해먹는다. 남의 죽음을 먹으면서라도 산 사람은 어떻게든 살아남을 거라 중얼거리며 현관에 벗어놓은 식구들 신발을 몇 번씩 세어본다.

사투와 화투

바닷속 멸치떼는 사투중
나는 화투중

안 먹히려고 멸치는 달리고
몽땅 삼키려고 나는 달린다

카드섹션을 펼치듯

멸치는 사투를 벌이고
나는 화투를 친다

청이었다가
백이었다가

뭉치면 살고
흩어지면 먹히니까

인해전술로 선두를 바꿔가며
기회를 엿보며

뒤집고 던지는
비, 풍, 초, 똥, 멸, 치

맹목적으로
앞을 따라 달리고
죽은 채로도 달려서

내 앞엔 까만 똥만 한 무더기

머리를 떼어내도
끝나지 않았다고
멸치는 끓는 물 속에서 카드섹션을 이어간다

아무데나 드러눕고
아무데서나 희망을 품으며

멸치는 바다를 들었다 놨다 하고
화투는 나를 들었다 놨다 한다

새를 끄고 싶다

새를 켠다.
방안에 새가 번진다.
새가 새어나가지 않게 커튼을 내린다.
방안을 흐르는 새.
벽에 부딪히는 새.
새는 새로운 건축 방식을 이해하지 못한다.
이리저리 새를 날린다.
새는 한 방향으로만 발생하는 게 아니어서
일련번호 적는 걸 그만둔다.
눈을 깜박일 때마다
새가 새를 불러내는 것 같아서
새가 거짓말을 하는 것 같아서
새를 불러 세우고 눈싸움을 계속한다.
나는 겨우 아기 울음만 알아들을 뿐이어서
자정을 넘겨 울어대는 새의 목구멍을
소금으로 씻어준다.
나는 빨리 새를 끄고 싶다.

그도 염치읍민입니다

여럿이 밥을 먹고 일어설 때 그는 늦게까지 구두끈을 맨다.

늦가을에 그는 김장을 할 예정이다. 그는 기운을 빼는 재주가 있다. 소란스러운 배추가 얌전해질 때까지

그는 배추의 숨통을 조일 것이다. 싱싱한 문장도 그의 손을 거치면 시들해진다.

그와 함께 있을 때 나는 혈색이 돌기도, 움츠러들기도 한다.

돌로 사는 법

봄이라는 확진 때문에 바람만 불어도 꽃나무에 열꽃이 폈다. 오도 가도 못한 채 상비약인 꽃잎만 삼키라 했다. 안 볼 건 봐야 하고 볼 건 못 보는 이상한 편집이 계속되었다. 눈물이 동나 인공 눈물의 힘을 빌려야 했다. 비빌수록 일어나던 꽃들이 거품처럼 맥없이 빗물에 씻겨갔다. 봄이 혼자서 오고 혼자서 갔다.

생각은 자라지 않았고, 잘 뒤집히지도 않았다. 이불을 뒤집어쓸 때 가장 근사한 돌이 되었다. 발톱이 살을 파고들었다. 큰 돌 속에 작은 돌을 채우면서 단단해진 감자가 다다르는 곳은 결국 땅속. 닳지 않고 깎이지 않고 몸을 덮는 것만으로 돌이 된다면 깨어나지 않고 그대로 돌이 되어도 좋았다.

악몽이 모르는 사람을 자주 데려왔다. 살려달라 발버둥쳤지만 한 발짝도 달아나지 못했다. 온몸이 입이고 온몸이 귀인 나는 혼자 말하고 혼자 들었다. 안방에서 건넌방에서 현관방에서 혼잣말들이 흙먼지처럼 떠다녔다. 이웃이 버린 귀들은 잎사귀로 걸려 나무에서 흔들렸다. 돌의 안부를 궁금해하는 사람도 없었다. 돌이 되는 과정을 벽시계가 초 단위로 기록했다. 가끔 물을 마셨다. 거칠어지는 걸 조금이라도 늦추고 싶었다. 누군가 왔다 가는 소리가 문밖에서 들렸다.

숲, 숲 부르면 쉿, 쉿

숲, 숲, 쉿, 쉿,
거친 호흡이다.

귀가하지 않은 친구들일까.
비쩍 마른 나무들이 내 앞을 막아선다.

이것, 저것 다 떼이고
남겨진 나뭇잎
빈약한 최후진술은 받아들여질까.

조바심에 손을 꼭 잡으면
우리는 메말라 바스러질 것 같다.

갈참, 졸참, 상수리.
비슷비슷해 보여도
나는 각자의 취향을 존중하는 편이어서
판결을 유보한다.

봄이 오면
나무 이름이 떠오르듯
사라진 친구들도 하나, 둘
모습을 드러낸다.

양면성

두드려도 내 말을 못 알아듣는 유리.

유리는 깨질 수밖에 없어.
새파랗게 날 세울 때 유리다운 유리가 되니까.

수시로 나를 겨누고 있었으면서
다친 데는 없냐고 능청스레 물어오겠지.

기분이 다 보인다고

유리병이 깨지지.

틈이 생길까 숨을 참다가
깨지지 않을 만큼 끌어안다가

쥐고 있는 것을 자꾸 놓치지.
슬그머니 놓아버리지.

배를 뒤집고 죽은 물고기처럼
물이 빠져나간 후에도 질척거리는 것들.

수족관이 있다면

하양, 노랑, 주황, 보라
수위를 조절해가며

내 기분을 나눠 마실 텐데.

안이면서도 밖인 것 같고,
밖이었다간 금방 안이 되어버리는 유리창 너머의 너를 의
심하면서

깨지지 않으려고
내가 먼저 예상을 깨지.
약속을 깨지.

유리를 바라보고 서서
손바닥을 마주쳐도 소리가 나지 않고
너를 들을 수 없고
꺼낼 수도 없고

있는 듯 없는 듯

서 있는 유리.
누워 있는 유리.
밟히는 유리.

나쁜 마음 안 먹고도 찌르는 유리.

가끔은 깨뜨려 기억을 꺼내보고 싶은 유리.

유리하기도, 불리하기도 한 유리를
닦고 또 닦지.

주의 사항

비둘기는 구구단을 외지 못해 아직도 2학년이다. 비둘기는 흩어진 팝콘을 재빠르게 먹어치우고 부지런히 구구단을 왼다. 까딱까딱 외는데 까딱까딱 까먹는다.

먹이를 주지 마시오. 비둘기는 구구단도 외워야 하고 밥도 알아서 먹어야 한다.

공원의 주인은 누가 되어도 상관없지만 걸어다니면서 비둘기가 공원을 순찰하는 걸 보면 아무래도 비둘기가 주인이 될 것 같다.

쓸데없는 책임감

참지 않아도 돼.

딸에게 말했는데
꽃병에서 버티던 꽃이 바닥으로 흩어진다.

일주일 사이

물병이 깨졌고
무릎이 깨졌다.

점성이 문제라고도
집중이 문제라고도 하는데

물병도, 무릎도
책임감으로부터 자유로워졌을 뿐이다.

꽃잎을 치우고
유릿조각을 쓸어모으고
피를 닦는다.

책임을 다한 것들은 쓰레기통으로 모인다.
쓰레기통에서 쓰레기통으로

뭉치면 흩어지고
흩어져서는 제발 좀 모이자고 연락이 온다.

파닥파닥이 지치면 바닥이 된다

바닥은 엎드린 채
지금 나는 바닥일까 생각한다.

바닷물이 쓸려나가면서
바닷물이 밀려들어오면서

바닥은
자주 기준이 바뀐다.

바닥을 면해보려고
욕심껏 올라갔다가

뚝 뚝 뚝 뚝
떨어지면서

엘리베이터는

바닥이 되려면 아직 멀었군!
중얼거린다.

파닥파닥이 지치면 바닥이 된다.

물과 기름은

서로 바닥이 되지 않으려고 프라이팬에서 몸싸움을 한다. ─

씨름 선수는 모래판에서 엎치락잦히락.

그러는 동안 바닥은 다져지는 듯 어긋나서
잘 넘어진다.

우리가 울퉁불퉁해질 무렵

시장이 바뀌고
보도블록이 교체되고
물도, 기름도, 씨름 선수도 연락처에서 사라진다.

속옷 빨래라서

난간에 매달려 있다가
못 참고 떨어지는

울음은

나를 헹굽니다.

쉽게 짠맛이 가시지 않아
몇 번을 흔들고
털어냅니다.

나는 훌쩍이다가 펄럭이다가
후련해집니다.

속옷 빨래 같아서
나는 울음을 내다 걸지 못합니다.

묻지도 않고

나는 살아간다. 생각하면서 살아간다. 생각하지 않아도
살아간다. 생각하다가 불을 끄지 않고 살아간다. 가스불을
끄지 않아 출근길을 되돌아간다. 불 끄러 갔다가 불이 꺼져
있어서 살아간다. 조금 늦게 출발하면서 조금 늦게 도착하
면서 살아간다. 불을 끄면 생각이 켜진다. 생각. 생각. 생각.
생각을 품은 채 잠이 들고 생각을 끌어안은 채 살아간다. 생
각은 생각을 키우고 생각에 곰팡이가 필 때까지 꺼지지 않
는 생각에 발목이 잡혀 살아간다. 나뭇가지처럼 뻗은 길 끝
에 집이 매달려 있고 내 생각은 언제 떨어질지 모른다. 흔
들리면서 살아간다. 생각을 잡지 않고 살아간다. 네 생각을
묻지도 않고 살아간다. 생각을 닫지 않고 살아간다. 생각 없
이 앞만 보며 간다. 아무데나 생각을 쏟아내다가 내가 쏟아
지면서 살아간다. 생각이 싹트는 걸 보면서 간다. 다시 생각
하면서 간다. 살아 있으면 간다. 나는 살아간다. 나는 살아
서 어딘가로 간다.

해설

나를 닮은 시, 시를 닮은 나

박혜진(문학평론가)

'나'는 내가 큰 소리로 말할 수 있는 마지막 단어였어.

　　　　　　　　　　　　　　　　　　　　　　　　—「헌터」부분

나는 나의 시와 같다

　빈센트 반 고흐에게 자화상은 자신이 그린 그림으로 가는 길이었다. 그는 인생에서 느낀 모든 전율을 그림 속에서 만났고 모든 상심을 애끓는 이미지 속에서 찾았다. 그리고 그 모든 전율의 이미지로 가는 길을 자화상에서 찾았다. "나는 나의 그림과 같다."* 자신이 그린 그림과의 일체감을 평생의 신념으로 품고 살았던 고흐는 자신이 느끼는 것을 그리고 싶어했고 동시에 자신이 그리는 것을 느끼고 싶어했다. 고흐에게 자화상이란 자신을 표현하는 예술론이었을 뿐만 아니라 자신이 보고 느끼는 것을 경험하는 인식론이었으며 궁극적으로 그가 세상과 맺는 관계의 근본이 되는 존재론이었다. 한마디로 자화상은 그의 모든 것이었다.

　서양 미술사에서 자화상의 역사는 그리 오래되지 않았다. 자화상은 인간에 대한 각성이 이루어진 르네상스시대에 이르러 비로소 등장했다. 자화상을 그리기 위해서는 자아에 대한 인식이 전제되어야 하기 때문이다. 르네상스시대에 탄

* 스티븐 네이페 · 그레고리 화이트 스미스, 『화가 반 고흐 이전의 판 호흐』, 최준영 옮김, 민음사, 2016, 57~61쪽.

생한 다양한 자화상을 바탕으로 제작된 바로크시대 화가들의 자화상은 화가로서 자신의 존재를 자각하고 자신의 지위에 대한 자부심을 표현하는 방식이었다. 이후 프랑스혁명과 산업혁명 등의 변화 속에서 인간의 자의식에 대한 인식은 더 강해졌고, 그에 따라 제작되는 자화상의 내용도 다양해졌다. 인상파 화가들의 풍경화가 대세로 자리잡는 사이 자화상의 영역은 위축되는 듯 보이기도 했으나 '스타'들의 출현과 함께 자화상은 금세 다시 주목받기 시작한다. 고흐의 〈귀에 붕대를 감은 자화상〉은 자기 자신과 치열하게 투쟁하는 인간이 지닌 광기의 표정을 극적으로 보여준다. 에곤 실레의 자화상에는 사회와 불화했던 일탈자이자 황폐한 정신세계를 지닌 예술가로서의 내면이 죽은 나무 이미지와 가느다랗게 떨리는 선으로 표현되어 있다. 신체적 고통과 정신적 고통이 고스란히 반영된 프리다 칼로의 자화상은 완벽하게 장악할 수 있는 주제로서의 '자기 고통'에 대한 자신감을 보여준다. 자화상의 역사는 화가들이 자의식을 표현하는 방식의 역사이기도 한 것이다.

　미술사에서 문학사로 시선을 돌려보자. 한국어로 쓰인 시 가운데 '자화상'이라는 제목으로 발표된 작품이라면 가장 먼저 이 두 편의 시가 떠오른다. 서정주의 「자화상」과 윤동주의 「자화상」이다. 서정주의 「자화상」에는 혈연이라는 운명, 혹은 숙명이 실체를 가진 힘으로 등장한다. "갑오년이라든가 바다에 나가서는 돌아오지 않는다 하는 외할아버지의

숱 많은 머리털과/ 그 크다란 눈이 나는 닮았다 한다"며 자신의 '죄 많은 내력'을 읊던 화자는 이내 "어떤 이는 내 눈에서 죄인을 읽고 가고/ 어떤 이는 내 입에서 천치를 읽고 가나/ 나는 아무것도 뉘우치진 않"겠다고 말하며 그 분명한 힘으로부터 자신을 분리하려는 시도를 한다. 혈연으로부터의 분리가 서정주의 자의식, 또는 그 시대 자아를 선포하는 데 있어 가장 결정적인 부분을 차지하고 있는 것이다. 그에 비하면 윤동주의 「자화상」은 자신과의 갈등을 표출한다는 점에서 보다 개인적인 양상을 보인다. 우물 속에 비친 자신의 얼굴을 보고 그 얼굴이 미워져 돌아섰다 다시 돌아오길 반복하는 사이, 어느새 자신의 얼굴도 우물 속 풍경의 일부가 되어 있다. 서정주의 자화상이 운명으로부터 달아나려 하는 독립적인 자의식의 발현이라면 윤동주의 자화상은 한발 물러나며 세계와 조화를 이루고 싶은 자의식의 발현이다. 이처럼 자의식이 발현되는 양상은 다양하지만 그 안에는 공통된 것이 있다. 자신과 세계의 관계를 설정하려 한다는 것이다.

심언주의 세번째 시집 『처음인 양』은 이러한 맥락에서 흥미롭게 다가온다. 특히 「꽃병」은 심언주의 자화상으로 읽힌다. 화자는 꽃병을 가리켜 "나의 토르소"라고 말한다. 몸통만으로 신체의 아름다움을 표현하는 조각인 토르소는 가느다란 탓에 부러지기 쉬운 목과 팔다리가 떨어져나가고 몸통만 남은 형상에서 그 기원을 찾을 수 있다. 시에서 꽃과 꽃병은 각각 얼굴과 몸통에 빗대어지는데, 독특한 건 이때의 얼굴과 몸통이 한 사람의 것이 아니라는 점이다. "생각이 무거워져/ 당신은 곧 부러질 것"이라는 장면에서 우리는 '나'가 꽃병이고 '당신'은 꽃병에 꽂힌 꽃임을 알 수 있다. 당신은 부러질 수도 있고 풍선에 안겨 날아갈 수도 있다. 당신으로 표상된 꽃은 훼손되거나 사라질 수 있는 존재이므로, 꽃과 꽃병의 관계는 연속적이지 않고 안정적이지 않으며 서로를 쉽게 포함하는 관계 또한 아니다. 요컨대 꽃과 꽃병은 '타자화된 나'와 '나'의 관계를 의미한다고 볼 수 있다. '나'와 '나'는 결코 일치하지 않는다. 그러나 그 일치하지 않음을 인식하는 순간 일치의 가능성이 생긴다. 나와 나의 어긋남을 통해서만, 즉 일치하지 않음을 인식하는 것을 통해서만 일치된 상태를 지향하고 상상할 수 있기 때문이다. 그러므로 "이제 얼굴 뒤편으로 기분을 구겨 넣지 않아도 된다"는 말은 나와 나가 어긋나 있음을 깨달음으로써 기분과 얼굴이 일치된 것을 상상할 수 있는 상태를 가리킨다. 자화상의 본질인 자의식의 정체를 관통하는 문장인 셈이다. 따라서 「꽃병」은 심언주의 자화상인 동시에 자화상들의 자화상이다. 그리고 자화상은 이번 시집을 관통하는 가장 매력적인 주제다.

몸의 자화상

자화상의 이미지는 주로 방황하는 청춘에 초점이 맞추어

져 있다. 앞서 살펴본 서정주와 윤동주의 시 모두 화자의 나이가 이십대로 설정되어 있고 고흐의 자화상 역시 결코 중년의 모습이라고는 할 수 없는데, 여기에서 자화상이 곧 젊음의 표상으로 통용되어왔음을 짐작할 수 있다. 많은 자화상이 세계와 나의 대결 의식, 자아를 찾고자 하는 들끓는 마음, 불안하고 격정적인 내면을 드러낸다. 그것이 곧 자화상의 정체성이자 자화상을 그리거나 쓰게 하는 원동력으로 여겨지기도 한다. 그러나 '나'에 대한 탐색이 젊음의 전유물일 수는 없다. 젊음만이 자의식을 표출하고 자의식을 위한 전쟁을 치르는 조건일 수는 없다. '나'를 인식하기 위해 애쓰는 정신의 방황이 젊음의 전유물처럼 여겨지는 것은 방황을 성장담으로 읽는 관성 때문이다. 성장하려면 미성장, 즉 젊음이 필요한 것이다. 그러나 젊음이 지나간 이후에도 성장은 계속된다. 방황도 계속된다. 오히려 몸이 더이상 정신이 이끄는 대로 움직이지 않을 때, 더 격렬하고 치열한 내적 투쟁의 시간을 보내게 되지 않을까. 청춘의 길목에서 자화상이 다음 길을 알려준다면 노후의 길목에서도 마찬가지이다. 심언주의 시에는 들끓고 애끓는 청춘의 자화상이 아니라 이제 몸이 말을 듣지 않아 몸의 말을 들어야 하는 순간에 이른 중년의 자화상, 즉 노화하는 몸의 자화상이 있다.

「계단이 오면」은 노화에 따라 더이상 몸이 예전처럼 움직여주지 않는 인물이 계단을 내려가야 하는 상황을 그리고 있는 시다. '계단이 오면'이라는 제목은 마치 해방을 염원하는 심훈의 시「그날이 오면」을 패러디한 것 같은 인상을 준다.「그날이 오면」의 '그날'이 모두가 바라는 자유와 해방의 날이라면,「계단이 오면」의 '계단'은 억압과 좌절의 날을 상징한다. 몸을 인식하지 않은 채 살 수 있었을 때에는 계단이 몸을 자유롭게 해주는 것이었지만 계단을 힘들어하는 몸이 되었을 때 그것은 완전히 반대의 의미를 가진다. "계단이 오면"은 말 그대로 계단을 마주하게 되는 상황을 뜻하기도 하지만 계단이 고비이자 고난이 되는 '그날'을 의미하기도 한다. 매 순간 몸을 인식하며 몸이 수용하는 것만을 할 수 있고 몸이 원하는 대로 생각해야 하는 그날은 오지 않기를 바라는 날일 것이다.

'나'는 아래로 이어지는 계단 앞에 서면 "무릎을 꺾으며 방아깨비처럼/ 굽실거"린다. "물에 발을 담근 것처럼/ 두 발이 짧아"지는 탓에 "공보다 빨리/ 한꺼번에 몇 계단씩/ 내려서고 싶은" 마음은 상상에 그치고 만다. 성큼성큼 내려가고 싶은 마음이야 굴뚝같지만 현실은 정반대다. 한꺼번에 몇 계단씩 내려가기는커녕 물속에서 걷는 것처럼 천천히, 물이 허락하는 만큼만 발을 내디딜 수 있을 뿐이다. 그마저도 어떤 때는 계단에 닿지 못하고 허공을 휘저을지 모른다. 이렇듯「계단이 오면」은 젊을 때와는 달리 계단을 내려가기 힘든 몸이 되어버린 현재의 상황을 드러내 보인다. 그러다 마지막 연에 이르러 이것을 '노화'에 대한 자의식으로 승화시키며 한층 도약하는데, "11월은 나 혼자 쌓은 것이 아니어서/ 단풍을 따라 뛰어내릴 수 없습니다./ 계단 혼자서 계단을 오르내립니다"라는 장면이 바로 그것이다.

늦가을에 비유되는 생의 말년을 단풍이 떨어지는 것처럼 단출하게 보낼 수 있다면 노화를 고통의 시선으로 바라보지 않아도 될 것이다. 그러나 생의 시간은 나 혼자 쌓은 것이 아니므로 나 혼자 뚝 떨어지고 말 수 없다. 인생은 오르내리는 것이므로 아픈 몸으로도 계단을 엉금엉금 내려가야 한다. 한 칸 한 칸 올라왔던 것처럼 한 칸 한 칸 내려가며 노화로 인한 변화들을 온몸으로 겪어내야 하는 것이다. 그리고 그 견딤의 시간은 자신을 둘러싼 다른 관계들과 연결되어 있는 것이기도 하다. 인간은 단풍처럼 단번에 떨어질 수 없다는 것, 불안한 발을 허공에 내디디며 계단을 밟고 내려가야 한다는 것. 그것이 늙어가는 몸이 자신의 몸을 살아내는 시간에 대한 자의식이다. 그렇다면 '계단이 오면'이라는 제목은 '그날이 오면'에 대한 패러디 같은 것이 아니라 기다리고 기다리던 '그날', 벅찬 환희의 시간을 가리키는 것일 수도 있지 않을까. 생의 의미는 순간의 이동에 있는 게 아니라 순간 속에 있기 때문이다. 「계단이 오면」은 인생의 전반전을 그리는 많은 자화상들 사이에서 조용히 후반전의 자화상을 그린다.

의식의 자화상

단풍처럼 한 번에 아래로 추락할 수 없고 눈앞에 놓인 계단을 다 밟고 내려가야 하는 것이 우리 몸에 대한 자화상이라면, 우리 의식에 대한 자화상은 어떻게 형상화할 수 있을까. 우리의 의식, 무엇보다 자의식은 어떻게 생겼을까? 표제작인 「처음인 양」은 양떼와 양을 통해 의식이 형성되고 유동하는 과정을 비유적으로 보여준다. 「처음인 양」을 구성하는 장면은 크게 두 가지로 나눌 수 있다. 하나는 양을 처음 본다고 말하는 딸과 관련된 장면이다. 딸은 기차 밖으로 소와 말, 그리고 양을 본다. 하지만 "소나 말은 알겠"다고 하는 것과 달리 양은 처음 본다고 말한다. 엄마는 딸에게 양털 이불도 덮어주고 양떼구름도 보여줬지만, 그것으로 양을 알게 하는 방법은 알려주지 못한 셈이다. 이 장면은 개별적으로 실존하는 양과 개념적으로 인식되는 양이 결합하지 못하고 있음을 보여준다.

다른 장면은 "양이 사라진 풀밭에서 양이 풀을 뜯"고 있는 것이다. 이 문장은 모순이다. 양이 사라졌다면 풀밭에서 양이 풀을 뜯고 있을 수 없고, 양이 풀을 뜯고 있다면 양은 사라진 상태일 수 없기 때문이다. 양이 사라졌다는 것이 거짓일까, 양이 풀을 뜯고 있다는 것이 거짓일까. 그러나 시는 둘 중 하나의 상태가 거짓이 아니라 풀밭에 흩어진 양과 한 마리로 뭉쳐진 양이 괴리된 채 통합되지 않고 있음을 말한다. 이 시는 "풀밭에서 양들은/ 뭉치면 한 마리, 흩어지면 백 마리"라는 문장으로 시작한다. 뭉친 한 마리는 개념으로서의 양이고 흩어진 백 마리는 실재하는 양이다. "그러고 보니 양은 안 보여주고 양 주변만 맴돌게 했습니다"라는 엄마의 발언은 개념으로서의 양만을 보여주고 정작 그 실체로서의 양은 알려주지 못했다는 고백인 셈이다.

제목인 '처음인 양'을 '처음 보는 양'으로 읽으면 구체적인 상황 속에서 구체적으로 존재하는 양을 떠올리게 되지만, '처음인 듯'으로 읽는다면 실재하지 않는 의식의 상태를 의미하는 것으로 이해하게 된다. 자의식이란 자신에 대한 구체적이고 실질적인 객관물로서 대상을 이해하는 동시에 추상화된 개념으로서의 대상을 이해하는 과정이 길항하며 끊임없이 운동하는 과정이다. 두 이해의 과정이 결합되기 위해서는 의식이 계속 이동하고 움직여야 한다. 「오후 혼자서」에서는 관심을 주니 계속 자라는 생각이 등장한다. 내버려두니 생각은 멈추지 않는다. 어디로 갈지, 그곳에서 누가 이 생각을 맞이하기 위해 "마중나올"지 알 수 없다. 그러나 생각이 도착하는 곳이 어디인지, 그곳에서 만나게 될 사람이 누구인지는 중요하지 않다. 나아갈 길을 궁금해하며 신호를 기다리고, 신호를 지나 계속 가는 것이 중요하다. 그 행위가 바로 자의식의 표상, 즉 자화상이기 때문이다.

두부는 공허한 공간을 채워나간다 스스로 가두고 풀기
를 반복한다 두부는 두부를 해결하지 않는다 그러다가 두
부는 자책하며 무너진다 이기려고 두부가 되는지 져서 두
부가 되는지 두부는 알 수 없다 두부는 두부 밖으로 밀려
나온다
　　두부를 부르면 두부만 오지 않는다 두부의 솔기가 따
라오고 두부 공동체가 따라온다 두부는 두부를 보존하
려 하고 두부는 두부를 벗어나려 한다 두부의 빙하기 두
부의 해빙기
　　—「이기려고 두부가 되는지 져서 두부가 되는지」 부분

다만 앞으로 계속 나아가는 동안 새로운 운동성이 더해진
다. 이 시에서 두부를 자의식으로 바꿔 읽어도 무방하다. 이
때 두부의 움직임은 "두부 공동체"를 이룬다는 점에서 의식
의 움직임에 구체성을 더해준다. 작용과 반작용으로 움직이
는 단일한 변증법이 아니라 의식을 둘러싸고 있는 다른 의
식들이 함께 움직이는 것이다. 시의 표현을 빌리자면 "두부
의 솔기가 따라오고 두부 공동체가 따라온다". 의식을 구성
하는 개념과 감각은 '나'에게서 비롯되는 독창적이고 개별
적인 것이 아니다. 자의식의 자화상으로서 이 시는 개별 존
재를 그리는 이전의 다른 자화상들과 구분된다. 공동체의
자의식과 그에 대한 자화상이기 때문이다. 개별적이고 단독
적인 의식이 아니기에 이렇게 형성된 의식은 실재를 만든

다. 존재하기에 인식하는 것이 아니라 인식함으로써 존재하게 된다. 또다른 시「몽상가」는 한데 머물러 있지 않고 움직이는 나비의 날갯짓을 "생각을 접었다 펼쳤다" 하는 반복된 동작에 비유한다. "나비의 문맥"은 "찢어서 날리는 편지처럼" 앞뒤가 맞지 않지만 "한곳에 오래 머무르지 않는" 나비의 생각이 다음의 봄을 부른다.

> 나비는 계단 한쪽에 앉아 생각을 접었다 펼쳤다 한다. 생각에 생각을 거듭한 끝에 날아가는데도 나비는 갈피를 잡지 못한다. 이리저리 날다가 생각이 엉킨다.
> 나비는 세상을 끌어내리다가 느닷없이 솟구친다. 정리도 되기 전에 나비의 생각은 바람에 떠밀린다. 찢어서 날리는 편지처럼 나비의 문맥은 앞뒤가 맞지 않는다.
> 나비는 골똘한 표정으로 아무데나 주저앉아 생각을 이리 맞추고 저리 맞춘다. 그러다가 꽃이 될까봐, 그러다가 돌이 될까봐 나비는 한곳에 오래 머무르지 않는다.
> —「몽상가」 부분

한없이 투명한 나

그렇다면 이 시집을 관통하는 화자가 바라는 '나'는 어떤 모습일까. "너와 나를 섞어 반으로 갈랐으면 좋겠다고"(「우

리가 자욱해질 때」) 말하는 화자가, "물속에 잠긴 나를 꺼
내주고 싶다"(「사람이 될 듯 말 듯」)고 말하는 화자가 그릴
자화상은 어떤 모습일까. 처음에 살펴본 「꽃병」이 현재의
자신을 그린 자화상이라면 자신이 되고자 하는 미래의 '나'
에 대한 자화상은 「돌로 사는 법」에 담겨 있다. 몸의 자화상
과 의식의 자화상을 거쳐 도달한 이 세계관에서 화자는 돌
로 살고자 한다.

　　생각은 자라지 않았고, 잘 뒤집히지도 않았다. 이불을
　　뒤집어쓸 때 가장 근사한 돌이 되었다. 발톱이 살을 파고
　　들었다. 큰 돌 속에 작은 돌을 채우면서 단단해진 감자가
　　다다르는 곳은 결국 땅속, 닳지 않고 깎이지 않고 몸을 덮
　　는 것만으로 돌이 된다면 깨어나지 않고 그대로 돌이 되
　　어도 좋았다.
　　　　　　　　　　　　　　　　　　　　　　　—「돌로 사는 법」 부분

「돌로 사는 법」에는 이불을 덮은 돌이 등장한다. 혼자 깊
어지는 시간을 돌의 시간으로 규정하는 이 시에서 돌은 기
존의 돌의 개념과 상이한 사물이다. 일반적으로 돌은 비바
람이나 다른 돌들, 즉 바깥과 부딪치고 깎여나가며 만들어
진다. 그런데 시에서 돌은 오히려 스스로 깊어지고자 한다.
이는 돌의 자의식을 연상시킨다. "혼자 남겨지더라도 어둠
에게 밀리지 말라 한다"(「불면」)는 말처럼 「돌로 사는 법」

은 자신의 의식으로 완성한 자의식을 강조한다. 이불을 뒤집어쓴 돌을 지나 등장하는 것이 '염치읍민'이라는 궁극의 자화상이다. 염치읍은 충청남도 아산시 중부에 있는 실제 읍이다. 염치는 소금 고개란 뜻으로, 이 마을의 고개를 소금 장수가 넘어다녔다고 해서 염치읍이 되었다는 이야기가 전해진다. 염치읍은 「염치읍민입니다」와 「그도 염치읍민입니다」라는 시에 등장한다. 「염치읍민입니다」에서 화자는 물에 녹아 투명해지고 형태가 사라져 보이지 않는 소금처럼 자신 역시 한없이 투명해져 스스로가 무엇이었는지 알지 못한다고 말하며 그런 자신을 '염치읍민'이라 칭한다.

　　생각보다 앞서 달리던 두루마리 화장지도, 소금도
　　젖으면
　　전에 무엇이었는지 기억조차 나지 않고
　　나는 한없이 투명해져서 이전에 내가 무엇이었는지 정
　　말 모르겠습니다.

　　(……)

　　염치는 가도 가도 하얗고
　　퍼내도 파내도 온통 하얘서

　　고개 너머

아이와 거위와 송아지가 발끝부터 탈색됩니다.

나는 염치읍민입니다.
　　　　　　　　　　　　　　—「염치읍민입니다」 부분

　이 시와 짝패를 이루는 시 「그도 염치읍민입니다」에서는
'나'가 아닌 '그'가 등장한다. 그는 "기운을 빼는 재주가 있"
고 "여럿이 밥을 먹고 일어설 때" 제일 늦게까지 구두끈을
매는 염치없는 사람이다. 그럼에도 '나'를 고조시키기도 하
고 위축시키기도 한다는 점에서 '나'는 그를 중립적으로 바
라보고 있음을 알 수 있다. 염치읍민을 소재로 한 이 두 편
의 시는 자화상을 그릴 때 필요한 두 가지 중요한 진실을 말
해준다. 내가 무엇이었는지 잊어버릴 것, 그리고 중립적으
로 타인을 바라볼 것. 중립적으로 바라본다는 것은 타인에
게 씌워진 이미지들에 영향받지 않고 '나'의 시선으로 그를
바라본다는 말이기도 하다.
　고흐에게 그랬던 것처럼 자화상이란 자신이 느끼는 것을
그리고 그린 것을 느끼는 방법이다. 그러한 자화상을 그리기
위해서는 한없이 투명해진 자신을 만나야 하고 투명한 눈으
로 타인을 바라봐야 하며, 나아가 타인의 눈에 비친 자신을
상상해야 한다. 그런 점에서 "발끝부터 탈색"되는 염치읍민
은 자화상들의 자화상이다. 이 시집을 읽는 동안 나도 내 자
화상을 만나는 듯한 경험을 했다. 처음 읽어나갈 때는 심언

주의 내면을 상상하는 데 많은 시간을 썼는데, 그러다보면 자주 마주치게 되는 문장이 있었다. '나는 나의 시와 같다.' 자화상에 대해 고흐가 했던 표현을 고쳐 쓴 것이다. 심언주라면 이렇게 말하며 이 시들을 썼을 거라고 생각했다. 그러나 시에 대해 생각하는 시간이 길어질수록 초점은 이 시를 읽는 나의 자의식으로 이동했다. 그렇다면 이 글은 심언주의 자화상이자 자화상의 자화상인 동시에 나의 자화상이기도 한 게 아닐까.

『처음인 양』에서 심언주는 생물학적인 대상물로 몸을 그리는 시선에서부터 자의식이 형성되는 과정을 그리는 시선에 이르기까지, 인간 외부의 내면 또는 인간 내면의 외부 등 인간을 바라보는 진실한 시선들을 다층적으로 드러내고 있다. 자화상 속에는 "혼자서 오래도록/ 흔들리고 있"(「그래 그래」)는 그들이 있고 그들 안에는 마찬가지로 흔들리고 있는 나 자신이 있다. 시집을 거듭 읽는 동안 자화상을 예술의 방법이자 인식의 틀이며 존재의 근거로 사유하는 것이 특정 화가만의 방식은 아닐 것이라는 생각이 든 것은, 나 역시 나를 '처음인 양' 마주하고 있다고 여겨졌기 때문이다. 한 명의 '나'를 알면서도 흩어진 '나'에 대해서는 알아차리지 못하는 것이 지금 '나'의 자기 인식이며, 우리는 모두 자신에 대해 그와 같은 상태에 놓여 있을지 모른다. 그렇다면 나의 자화상은 어떻게 그릴 수 있을까. 자기 인식을 향한 시인의 뜨거운 의지가 어느새 나에게로 전이된 것 같다. 이 확진된 열병을 시라고, 또 예술이라고 부른다는 오래된 진실이 낯설게 반짝인다.

심언주 2004년『현대시학』으로 등단했다. 시집으로『4월
아, 미안하다』『비는 염소를 몰고 올 수 있을까』가 있다.

문학동네시인선 182
처음인 양
ⓒ 심언주 2022

초판 인쇄 2022년 11월 3일
초판 발행 2022년 11월 16일

지은이 | 심언주
책임편집 | 서유선
편집 | 오윤 김내리
디자인 | 수류산방(樹流山房) 본문 디자인 | 유현아
마케팅 | 정민호 이숙재 박치우 한민아 이민경 안남영 왕지경 김수현 정경주
브랜딩 | 함유지 함근아 김희숙 고보미 박민재 박진희 정승민
제작 | 강신은 김동욱 임현식
제작처 | 영신사

펴낸곳 | (주)문학동네
펴낸이 | 김소영
출판등록 | 1993년 10월 22일 제2003-000045호
주소 | 10881 경기도 파주시 회동길 210
전자우편 | editor@munhak.com
대표전화 | 031) 955-8888 팩스 | 031) 955-8855
문의전화 | 031) 955-3578(마케팅), 031) 955-8864(편집)
문학동네카페 | http://cafe.naver.com/mhdn
인스타그램 | @munhakdongne 트위터 | @munhakdongne
북클럽문학동네 | http://bookclubmunhak.com

ISBN 978-89-546-9469-8 03810

* 이 책은 서울문화재단 '2019년 문학창작집 발간 지원사업'의 지원을 받아 발간되었습
  니다.

잘못된 책은 구입하신 서점에서 교환해드립니다.
기타 교환 문의: 031) 955-2661, 3580

www.munhak.com

문학동네